AF362783

LETTRE

D'UN

COMÉDIEN

DE PROVINCE,

A un de ses anciens CAMARADES *, retiré depuis peu du Théâtre, & fixé à Paris.*

Au sujet d'une nouvelle Brochure intitûlée : *La Comédienne Fille & Femme de Qualité*, ou *les Mémoires dela Marquise de* *** *écrits par elle-même.*

MON CHER CAMARADE,

J'AI lû avec tout le plaisir possible le Livre que Mademoiselle Joranville, notre ancienne Camarade, vient de mettre au jour. Le Titre est heureux, brillant, même séduisant. Jamais on n'a vû tant de Noblesse parmi nous que depuis que *la Comé-*

dienne fille & Femme de Qualité paroît. Acteurs, Actrices, Danſeurs, Danſeuſes, Souffleurs, Décorateurs, Machiniſtes, Muſiciens, tous font, ſi on veut les en croire, auſſi nobles que *Japhet d'Arménie.* Je charge un peu trop le tableau ; il eſt cependant vrai que pluſieurs de nos premiers rôles veulent maintenant ſe faire paſſer pour ce qu'ils ne font pas. Perſonne n'eſt leur dupe. Venons au fait. Vous m'avez prié de vous marquer ce que je penſe de *la Comédienne.* En voici une Analiſe aſſez circonſtanciée : je vous invite à la faire imprimer avec ma Lettre : Ce ſera obliger notre ancienne Camarade , contre laquelle ſe déchaîne ſi mal-à-propos & avec tant de fureur un Critique de profeſſion. Mais qui veut trop prouver ne prouve rien. Analiſant la *Comédienne* il affecte de répandre un ridicule ſur les choſes qui en font le moins ſuſceptibles ; il blâme tout, & en parle trop mal pour n'être pas ſuſpect. Il en rapporte des fragmens qu'il détache adroitement, & peut-être malicieuſement, pour les cenſurer plus hardiment. Il paſſe ſous ſilence bien des Avantures de Théâtre qui plairont toujours. N'étant pas aſſez injuſte pour en condamner tout-à-fait le ſtile, il prétend qu'il eſt *inégal* ; il a la bonté de faire de tems en tems des réflexions déplacées , des plaiſanteries inſipides , des Epigrammes uſées. Il faut qu'il ait des vûes particulieres pour écrire contre une nouveauté dont tout le monde dit du bien. Envain il ſe flate d'en impoſer au Public connoiſſeur, qui ne s'en rapporte qu'à ſes propres lumieres. Ainſi ſes déciſions dictées par la paſſion ne feront jamais aucune impreſsion. Quels sont les gens qui croiront en lui ? S'il en est ; le nombre en est bien-petit. Combien de fois voit-on les Ouvrages que nos Critiques, qui s'estiment des Oracles, ont eu la complaisance d'éxalter, ne pas réussir ; & ceux, contre lesquels ils se sont élevés sans raison, faire fortune. Tout ce que cet Ecrivain dit gratuitement de la *Comédienne* révolte ; il n'est qu'une voix contre lui. Il suffira dorénavant qu'il cherche à immoler un Livre sous le glaive de la Critique, pour qu'on le juge bon. Avant de parler de la premiere Partie, disons deux mots de la Préface. Elle est courte & prévient en faveur de l'Ouvrage. On y trouve à chaque pas des traits de Morale assez justes.

PREMIERE PARTIE.

Le Marquis d'*Ascagne*, ancien Militaire, d'une des plus grandes Maisons du Languedoc est resté veuf avec une fille unique appellée *Adelaïde*. C'est elle qui écrit ses avantures & qui se peint d'abord en peu de mots. *L'Amour*, dit-elle, *a été la source de mes égaremens ; née tendre, sensible, voluptueuse, je n'ai que trop suivi le penchant de mon cœur.* Le Lecteur doit s'attendre dès ce moment à ne trouver en elle qu'une véritable coquette ? Sa grande beauté fait concevoir à son pere sur elle de hautes idées ; espérant lui trouver un parti considérable, il la méne à Paris. Une Madame *Dublin* Gouvernante d'*Adelaïde*, femme dangereuse, & peu propre à élever une Fille de Condition, est aussi du voyage. M. *d'Ascagne* présente par-tout la fille. Par-tout on lui en fait des éloges.

Un Voifin nommé *des Vigneux*, jeune homme digne d'être aimé, cherche à plaire à *Adelaïde*. Perfonne ne le foupçonne. *Des Vigneux* part malgré lui pour le Berri, & fait confentir *Adelaïde* à recevoir fes Lettres & à lui répondre. Elle ne penfe prefque plus à lui.

Le Baron de *l'Ofeld*, Seigneur Allemand, entend chanter *Adelaïde* dans un Concert. Sa voix & fa beauté le frappent. Il demande fa demeure & va peu de jours après rendre fa vifite à M. *d'Afcagne*. Quoiqu'il fe donne pour amateur de Mufique, il n'eft point trop bien reçu. On apprend qu'il eft d'une Illuftre Maifon, & qu'il eft fort opulent. On fe repent de l'avoir accueilli fi froidement, on le retrouve à l'*Opéra*; on l'engage à revenir. Il n'eft politeffes qu'on ne lui faffe, & l'on penfe à en faire un époux. Ses richeffes plus que fa perfonne tentent *Adelaïde*. Elle oublie *des Vigneux*; une Lettre tendre qu'une Revendeufe à la Toilette lui remet adroitement, la rappelle avec plaifir dans fon fouvenir. Elle ne confulte que fon cœur & lui récrit. Le Baron de *l'Ofeld* fait le magnifique & donne à la *Dublin* une tabatiere d'or. Cette femme reconnoiffante le laiffe feul avec *Adelaïde*. Il prend des licences. Heureufement la *Dublin* rentre. *Adelaïde* croit être pour toujours débarraffée de M. de *l'Ofeld*. Peu de jours après il ofe revenir, il s'excufe du mieux qu'il peut ; on lui pardonne. Tout eft oublié. Il devient intime avec M. *d'Afcagne*. Leur plus grand plaifir eft la table. M. le Baron un peu

échauffé tient fur la fin d'un repas des difcours in-
jurieux fur les Françoifes. *Adelaïde* dès cet inftant
le prend en haine. Elle parvient à déterminer fon
pere à le faire congédier, s'il fe repréfente. Elle
reçoit en même-tems deux Lettres de *dès Vigneux*. La premiere lui apprend la maladie de
fon pere, la feconde la mort. Maître de quarante-
cinq mille livres de rente il entre dans la Maifon
du Roi, malgré fa mere qui vouloit en faire un
Confeiller au Parlement. Elle ne furvit pas long-
tems à fon mari. Plus riche de moitié, *des Vigneux*
déclare fon amour pour *Adelaïde* à M. *d'Afcagne*.
Il ne différe à devenir fon gendre que pour termi-
ner fes affaires. Pendant ce délai il fait de mauvai-
fes connoiffances, donne dans toutes fortes d'ex-
cès ; entretient une Danfeufe de l'*Opéra* qui fe
hâte de le ruiner ; il en devient jaloux, elle le
trompe & lui préfére un indigne rival. Il le trouve
caché chez elle ; *Fierville*, c'eft le nom de ce rival,
& lui, font fur le point de fe couper la gorge chez
leur Maîtreffe commune. Elle les en empêche. Ils
fe battent dans la rue. *Des Vigneux* eft bleffé peu
dangereufement & rompt avec fon Héroïne de
couliffe. Pour l'oublier entiérement il fait un
voyage en Provence.

Le Baron de *l'Ofeld* perd des fommes confidé-
rables fur fa parole. Pour y faire honneur il vend
tout & retourne en Allemagne. *Des Vigneux* arrive de Provence, revoit *Adelaïde*, reconnoît fes
torts. On le croit revenu de fes erreurs. On lui
accorde fa grace. Bientôt il fait de nouveau des
dépenfes exceffives. Ses Parens le font enfermer

& interdire. *Adelaïde* qui l'apprend y est sensible. Elle tombe malade ; le chagrin n'y a pas peu de part. Elle revient en santé, & n'en est pas moins belle qu'auparavant. Son pere lui représente qu'il dépense beaucoup à Paris & qu'elle ne doit plus être si difficile sur le choix d'un époux. M. *de S. Frioule*, homme de Condition, célèbre Avocat au Parlement de Paris, ancien Magistrat dans un Parlement de Province, se présente : quoiqu'un peu contrefait, il est agréé. Son esprit & son bien parlent en sa faveur. Il écarte un essein d'adorateurs. Un seul, nommé le Marquis *de Neuperville*, entreprend de lui disputer sa conquête. Ils deviennent jaloux l'un de l'autre, *Neuperville* l'insulte ; M. *de S. Frioule* en veut avoir raison. M. *d'Ascagne* les réconcilie. Sur ces entrefaites *des Vigneux* se sauve de prison. M. *d'Ascagne* lui donne retraite. Son amour pour *Adelaïde* lui fait oublier ses malheurs. Au risque de sa vie il entre pendant la nuit dans sa chambre. On vient pour l'arrêter ; après l'avoir cherché long-tems, on le trouve. Il se défend vigoureusement soutenu de Madame *Dublin* & des Domestiques de la maison. Prêt d'être saisi il saute par la fenêtre de la rue, & se casse la jambe. On ne permet pas qu'on lui donne aucun secours & on le conduit en prison ; toutes les avantures de cette premiere Partie m'ont paru naturelles, bien amenées, bien détaillées, fort amusantes, & écrites avec précision.

SECONDE PARTIE.

Tout le monde eſt inquiet du ſort de *des Vi-gneux*. On va chez ſes Parens intercéder pour lui, mais on n'obtient rien. M. *d'Aſcagne* ſçait par celui qui l'a arrêté qu'il eſt juſqu'à nouvel ordre au Fort-l'Evêque. Le Marquis de *Neuperville* qu'une Tante vient de faire ſon Légataire univerſel, à condition d'épouſer une perſonne dénommée dans ſon Teſtament, vient annoncer cette nouvelle à *Adelaïde* qui en paroît peu allarmée. Il en eſt piqué & lui dit un adieu éternel. *S. Frioule* ſe voyant ſans rival n'eſt plus ſi empreſſé. On lui en fait des reproches qu'il détruit aiſément. Il s'agit d'épouſer, mais comme il eſt d'une foible ſanté, il veut auparavant arranger ſes affaires en cas d'accident. Cependant, il plaide une cauſe brillante ; le chagrin qu'il a de la perdre le fait devenir fou. M. *de Vauvervac*, ſon neveu, Capitaine de Dragons, à qui on écrit, vient en poſte. Il prend ſoin de ſon oncle & le méne en Auvergne dans une de ſes Terres. Son bon-ſens lui revient ; la honte d'avoir été fou le porte à ſe tuer. M. *Vauvervac* l'apprend à M. *d'Aſcagne* & à ſa fille qui en ſont pénétrés. Conformément aux volontés de ſon oncle, il leur remet différens effets. Obligé de partir pour ſon Régiment qui eſt de l'Armée du Roi, il prend congé de M. *d'Aſcagne* & d'*Adelaïde*. Quelques-tems après le Major de la Brigade marque qu'il a été tué dans un détachement.

M. *d'Aſcagne*, ſa fille, la *Dublin*, vont paſſer

plusieurs jours à la campagne chez une Amie. Un Gentilhomme très-riche est épris des charmes d'*Adelaïde*. Il se déclare à M. *d'Ascagne* qui le présente à sa fille dont il est accepté. Sur ces entrefaites on mande de Paris à M. *d'Ascagne* que des voleurs ont entré dans sa Maison & ont tout emporté, il arrive en toute diligence. Bien-tôt sa fille le suit. M. *des Gourjons*, c'est le nom du Gentilhomme qui la recherche en mariage, ne peut plus vivre sans la voir. Il vient offrir à M. *d'Ascagne* sa bourse, & fait assiduement sa cour à sa fille ; mais il trouve un parti plus avantageux & néglige Mademoiselle *d'Ascagne*. Son pere qui découvre qu'il voit une jeune Demoiselle dans la vûe du mariage rompt sur le champ avec lui. Ici l'infortuné *des Vigneux* reparoît. Aidé des Compagnons de son malheur il a brisé ses fers. Sa chere *Adelaïde* l'occupe toujours. Sous l'habit d'Abbé il se proméne hardiment dans Paris, & dans cet équipage il rend visite à M. *d'Ascagne*. On lui conseille de gagner les Païs étrangers ; après avoir fait contribuer à main armée son Tuteur & ses deux tantes, il se retire en Espagne, entre au service de cette Couronne, se fait réhabiliter dans tous ses droits. Il prie Mademoiselle *d'Ascagne* de penser toujours à lui. Elle lui conseille d'oublier toutes leurs promesses. *Des Vigneux* ne s'en croyant plus aimé se marie.

M. *de Rosanpierre*, Financier opulent, se met sur les rangs. Il n'est pas bien reçu d'*Adelaïde*. M. *d'Ascagne* veut absolument qu'elle l'épouse. Elle lui fait par complaisance mille amitiés. Madame *Dublin* à qui elle confie ses chagrins la rassure. Elle la persuade de prendre *Rosanpierre*, parce qu'il est riche & point du tout avare, & parce qu'une fois mariée, elle sera entiérement sa maîtresse. M. *d'Ascagne* & Mad. *Dublin*, se croyant seuls, parlent librement de *Rosanpierre*. *Adelaïde* les écoute, & même s'apperçoit que son père est bien payé des attentions qu'il a pour sa Gouvernante. M. *d'Ascagne*, *Adelaïde*, Mad. *Dublin*, *Rosanpierre*, vont à la Comédie Françoise. On y jouoit une Tragédie nouvelle. L'Auteur, homme de Qualité & d'une figure avantageuse, ami de *Rosanpierre*, vient les trouver après la Piéce. Ils l'invitent tous à souper. Quoiqu'il soit engagé avec les Actrices qui ont fait réussir sa Tragédie, il ne peut refuser *Adelaïde* qui l'en presse. *Gamini*, c'est le nom de l'Auteur, ne voit pas impunément les charmes d'*Adelaïde*. Il cherche l'instant de la trouver seule & lui déclare l'amour qu'il sent pour elle. Mad. *Dublin* le surprend à ses genoux. Par une feinte il lui en impose. La *Dublin* a des prétentions sur *Gamini* ; elle ne cesse de l'agacer & se persuade qu'il est du denier bien avec quelques Comédiennes. Il le nie toujours constamment. *Gamini* prié par M. *d'Ascagne* à dîner, ne cesse de le louer sur différentes Poësies qu'il a composées dans son jeune âge. M. *d'Ascagne* voulant faire les honneurs de chez lui, boit beaucoup & fait boire *Gamini*. Notre soupirant le quitte un moment & va trouver *Adelaïde*. Le vin le rend entreprenant ; mais M. *d'Ascagne*, qui s'ennuye, le rappelle & dérange fes projets. Le fommeil s'empare de M. *d'Afcagne. Gamini* cherche par-tout *Adelaïde*, mais ne trouve que Mad. *Dublin* qui ne lui eft point cruelle. *Adelaïde* les voit fans être vûe : elle juge à propos de paroître.

On propofe à M. *d'Afcagne* pour fa fille un jeune homme d'une folie extraordinaire & qui a une Tante auffi extravagante que lui. Madame la Préfidente *de Bois-Ferté*, c'eft le nom de la Tante, eft fi ridicule, que fes Domeftiques mêmes la badinent entr'eux. Le Chevalier *du Haut-Pleffis* fon neveu, avec qui M. *d'Afcagne* & *Adelaïde* dînent dans la fuite, fait tant d'impertinences qu'il déplaît au poffible. M. *d'Afcagne* remercie la Préfidente, & lui dit qu'*Adelaïde* doit époufer un Financier du premier ordre. *Rofanpierre* tombe malade. On parle de l'adminiftrer. Cette propofition l'étonne. Il demande un délai. M. *d'Afcagne* ne le quitte pas. *Gamini* profite de cette maladie pour faire fa cour à *Adelaïde*. Il eft fi preffant qu'il trouve enfin le moment d'être heureux. Ils fe jurent un amour éternel. *Gamini* lui promet de n'avoir aucune familiarité avec Mad. *Dublin*. On annonce M. le Chevalier *du Haut-Pleffis. Gamini* veut fe retirer, mais *Adelaïde* le fait refter. Cette feconde Partie eft pleine de fcènes extrêmement comiques & variées : les portraits & les caractéres en font vrais.

TROISIÈME PARTIE.

Plus on avance, plus l'intérêt augmente, le Chevalier *du Haut-Pleſſis* qu'on avoit annoncé paroît. C'eſt un original ſans copie qui dit & fait les choſes du monde les plus ridicules. A peine daigne-t'il regarder M. *Gamini* ; il couronne ſes impertinences par une Lettre qu'il donne en ſortant à *Adelaïde*. Mad. *Dublin* ne cherche qu'à renouer avec *Gamini*, mais c'eſt inutilement. Notre Auteur retrouve M. *du Haut-Pleſſis* aux *François* occupé à déchirer ſa Piéce ; il l'écoute quelques-tems ; auſſi-tôt que le Chevalier *du Haut-Pleſſis* ſçait qu'elle eſt de lui, il en fait l'éloge.

M. *de Roſanpierre* revient en ſanté : il va paſſer quelque-tems à la campagne avec M. *d'Aſcagne*, ſa fille & Mad. *Dublin*. *Gamini* ſous prétexte de faire la Cour à *Roſanpierre* y vient. Ses affaires l'obligent de retourner à Paris ; il entretient une correſpondance ſecrette avec *Adelaïde* qui lui mande qu'elle eſt mere. Il arrive peu de jours après, la trouve abandonnée aux plus cruelles réflexions ; ce n'eſt pas ſans peine qu'il parvient à la conſoler : les attentions mutuelles qu'ils ont l'un pour l'autre leur fait craindre de ſe trahir. *Gamini*, de concert avec *Adelaïde*, part ſans prendre congé de perſonne. Il eſt quelques jours ſans lui écrire. Enfin elle reçoit une Lettre ; le contenu lui fait ſoupçonner qu'il l'a abandonnée. Elle tombe dans un ſi grand chagrin que Mad. *Dublin* s'en apper-

çoit & lui en demande le sujet. *Adelaïde* lui donne le change. On s'empresse à l'envi de la dissiper.
Inutiles soins ! elle prend le parti de s'empoison-
ner & veut en faire part à *Gamini*. Pendant la
nuit elle lui écrit. Mad. *Dublin* qui couche dans
une chambre voisine l'entend se plaindre & sou-
pirer. Elle voit de la lumiere chez elle, & se fait
ouvrir. *Adelaïde* cache promptement tout ce qui
peut la déceler, & pour satisfaire l'inquiétude de
sa Gouvernante, lui dit qu'elle vient de faire des
rêves fâcheux. Mad. *Dublin*, qui apperçoit quelques plumes, se retire affectant de la croire : le
sommeil fuit notre Amante malheureuse ; dès le
matin elle se proméne dans le jardin. La *Dublin*
visite dans sa chambre & trouve la Lettre adres-
sée à *Gamini*. Elle va la trouver, lui reproche
de ne lui avoir pas confié ses peines, & lui promet de soustraire ses malheurs à la connoissance
de tout le monde. *Adelaïde* persiste toujours à
vouloir mourir ; sa Gouvernante est si pressante
qu'elle lui fait quitter cette triste pensée. *Gamini*
qu'on n'attendoit plus arrive. Voyant que tout
est découvert. Il propose à *Adelaïde* de l'épouser
à Avignon & d'embrasser le Théâtre. Elle jure
de le suivre & de faire tout ce qu'il voudra.
Mad. *Dublin* les assure qu'elle veut être de la
partie, & leur avoue qu'elle a été Comédienne.
Elle leur raconte qu'elle a connu M. *d'Ascagne*
à Paris, lorsqu'elle y fût pour débuter aux *François*. *Rosanpierre* est charmé de revoir *Gamini* &
l'engage à rester. La Maison de notre Financier
est un séjour d'enchantement. Il tient table ou-

Verte. Tout le monde y abonde. *Adelaïde* sent déja des maux de cœur ; elle souhaite disparoître au plutôt. Il est arrêté que le jour même qu'on retournera à Paris, elle s'éclipsera avec Madame *Dublin*. Jusqu'au dernier moment il n'est question que de plaisirs, de Bals, de Comédies. Il s'élève une dispute facétieuse. Les uns veulent qu'on joue des piéces sérieuses, d'autres des *Opera-Comiques* ; ce qui fournit quelques traits tout-à-fait plaisans. Tout prend fin. *Adelaïde* & la *Dublin* retournent à Paris pour tout préparer. Au lieu de descendre chez M. *d'Ascagne*, elles entrent sous le nom de Madame & Mademoiselle *Dupressois* dans une Maison que *Gamini* leur avoit fait louer. Le lendemain *Rosanpierre*, M. *d'Ascagne*, *Gamini*, les suivent. La surprise des deux premiers est extrême, lorsqu'en arrivant on leur dit qu'on n'a vû personne, & qu'on a appporté les clefs de tous les appartemens. M. *d'Ascagne* désespéré pense qu'on a enlevé sa fille & que sa Gouvernante aura été obligée de la suivre. *Gamini* se charge de faire des informations. Il vient trouver *Adelaïde* & Mad. *Dublin*, leur rend compte de tout. Il retourne le lendemain chez M. *d'Ascagne* qui est dans un état digne de pitié. *Rosanpierre* a quelques difficultés avec M. *d'Ascagne* qui lui reproche de manquer aux devoirs de l'amitié. *Adelaïde* fait parvenir à son pere une Lettre. *Gamini* se trouve chez lui, lorsqu'il la lit. M. *d'Ascagne* n'oublie pas qu'il est pere. Il baise la Lettre de sa fille. La baigne de larmes. *Quoi*, dit-il, à *Gamini*, *je ne verrai plus le seul bien qui me reste*; *Adelaïde* vit & ne *vit plus pour moi ; qu'elle paroiſſe ; je lui pardonne de bon cœur.* Gamini pénétré veut engager *Adelaïde* & Mad. *Dublin* d'aller ſe jetter avec lui aux pieds de M. *d'Aſcagne*, & à lui tout avouer. Cette propoſition eſt rejettée ; on lui défend même de le voir d'avantage. Il le rencontre un jour, & ſçait de lui qu'il va ſouvent chez M. le *Lieute-nant-Général de Police* qui fait faire toutes les re-cherches qui ſont de l'honnête homme & d'un di-gne Magiſtrat, pour tâcher de découvrir ſa fille. A cette nouvelle Mad. *Dublin* & *Adelaïde* ne veulent plus reſter à Paris. *Gamini* leur repré-ſente qu'elles y ſont plus cachées, qu'elles ne ſe-roient en tout autre endroit. Quelques mois ſe paſſent ; on apprend que M. *d'Aſcagne* a tout vendu & eſt retourné en Languedoc. *Adelaïde* & Mad. *Dublin* commencent à ſortir. Elles vont à la Comédie aux troiſièmes ; & ſont reconnues par *Roſanpierre*, qui charge l'Exempt de la Garde de les faire ſuivre. *Gamini* s'en doute & les fait partir ſur le champ. Ils prennent tous trois la ré-ſolution de quitter tout-à-fait Paris. Ils joignent une troupe qui eſt à Amiens : ils y débutent avec ſuccès, *Gamini* & *Adelaïde* ſous le nom de *Joran-ville* & la *Dublin* ſous celui de *Châteaufort*. Leurs talens autant que leurs figures leur acquiérent de la célébrité. On leur propoſe de s'engager pour Vienne ; ce qu'ils acceptent. Les avances reçûes ils partent. Mademoiſelle *Joranville* accouche en route d'un garçon, qui meurt quelques jours après. Arrivés à la Cour de Vienne M. & Ma-demoiſelle *Joranville* ſe marient. Ils veulent ſçavoir ce qu'eſt devenu M. *d'Aſcagne* ; ils écrivent ; on leur mande qu'il a tout vendu, qu'il s'eſt retiré à la Trape & a tout donné à cette Maiſon. Les pleurs qu'arrache cette derniere Partie en font l'éloge.

Voilà, Mon cher Camarade, une partie des matériaux qui entrent dans l'édifice de *la Comédienne Fille & Femme de Qualité.* Cet extrait détaillé ſuffit pour détruire tout ce que des gens mal intentionnés, des déclamateurs outrés, en ont pû dire. La Critique a ſes droits ; en abuſer, c'eſt ſe deshonorer. Elle a ſes bornes ; les paſſer, c'eſt manquer à ſoi-même & aux autres. Jamais je n'ai vû dire tant de mal en ſi peu de lignes, que de celui de Mademoiſelle *Joranville.* Tout le monde en conviendra, mais en ſera ſurpris.

On commence ainſi : *Des intrigues ſans intérêt, des avantures ſans vraiſemblance, des caractères ſans vérité, des récits languiſſans, une narration traînante, un ſtile inégal, nulles vûes, nul eſprit, nulle invention ;* ce n'eſt-là, ajoûte-t'on, car on craint d'en avoir trop peu dit, qu'une partie des défauts qui ſe trouvent dans la *Comédienne Fille & Femme de Qualité,* ou les *Mémoires de la Marquiſe de* * * * *écrits par elle-même,* trois Parties in-12. Quel tableau ! quelle aigreur ! quel acharnement ! quelle animoſité ! quelle rage ! Voilà un homme bien content de lui. Tant de brillantes miſeres tombent d'elles-mêmes & ne méritent pas d'être réfutées. De pareilles déclamations ne produiſent pas toujours l'effet qu'on en attend : qu'arrive-t'il ordinairement ? l'orage ne

fait que du bruit : au lieu de difcréditer une nouveauté en en parlant avec tant de modération, on
la fait connoître, on infpire l'envie de la lire ; on
prévient en fa faveur, on la fait réuffir. Si on a
eu ce deffein, ce que je ne puis croire, l'intention
répare le procédé.

Adieu, MON CHER CAMARADE. Je vous em-
braffe de tout mon cœur. Ne manquez pas de
m'envoyer *les Fêtes Parifiennes* au fujet de la Naif-
fance de Monfeigneur LE COMTE DE PROVENCE,
fitôt qu'elles feront imprimées : on n'eft pas moins
zélé ici qu'à Paris. Je fuis &c.